Norman Dorian Franz   STERNENPRINZ

Franz, Norman Dorian:
SternenPrinz. Tagebuch eines sterbenden Einzelgängers.
Eine lyrische Romandichtung
von Norman Dorian Franz
-
geschrieben vom 10.10.1999 - 20.01.2000
-
Alle Rechte liegen beim Autor
Buchgestaltung, Cover und Satz: Norman Dorian Franz
Covermotiv: "Der weinende Clown"
von Norman Dorian Franz 2000
Herstellung: Libri Books on Demand
BoD - Einheitsaufnahme
Printed in Germany 2000
ISBN 3 - 8311 - 1023 - 9

NORMAN DORIAN FRANZ

SternenPrinz

Tagebuch
eines
sterbenden Einzelgängers

**EINE
LYRISCHE ROMANDICHTUNG**

Libri

für D. sowie
meinen Eltern

wieder ein tag.
wieder ein tag in der hölle
am leben zu sein

irgendwo auf dieser welt
stehe ich
und das gefühl der verlorenheit
verschleiert meine sinne
...
ich wurde ausgesetzt
in dieser welt
und zurückgelassen
...
es ist ein tag
wie jeder andere
- und wie jeder andere
so ist auch dieser
ein quantum nur entfernt
vom überschreiten der schmerzgrenze
ein schritt vor dem letzten
es ist wieder ein tag
und noch lebe ich

ich lebe in einer welt
in der jeder faktor
lähmt
und daran hindert
der seele ihre freiheit zu geben
die sie zum blühen benötigt

den gestrigen tag
habe ich wieder überstanden
ein kampf
nein, eher eine schlacht
doch ich lebe noch

***

ich würde dir so gern
meine seele zeigen
...
und frage mich:
wo ist das damals hin verschwunden?!

dann saßen sich zwei masken
gegenüber
zwei masken, häßliche, gräßliche
und stießen sich gegenseitig ab

wo sind die welten hin?
die schönen?
und wo ist das leben?
(versteckt es sich hinterm schmerz?!)

edel sei der mensch
hilfreich und gut

ich würde dir so gern
meine seele zeigen
...
es tut mir leid.
...
ich kann mir die zukunft
nicht mehr
vorstellen
...
o, geliebter feind!

RESPEKTIERE ALLES UNSICHTBARE.

der rote engel
ist mein jahrhundert

sie ist das, was ich nicht sehe
doch stets und ständig spühren kann

ich sehe sie nicht, den engel
und doch ist all mein lieben
ihretwegen - sie: die eine

ich würde dir so gern
meine seele schenken
und zu füßen legen

unsere seelen tanzen
bis zum sonnenaufgang
- dann sterben sie -

seltsames geschieht mit mir:
ich denke ich lebe

und ist es nicht erschreckend,
wie sich alles verändert?! -
sie
ich
alles
nur die masken werden
ausgetauscht
(häßlicher dennje)

die wahrheit bleibt außen vor

und doch sehe ich ihre
göttliche schönheit

ich kann sie nicht
vergessen
und werde es auch nicht
...

ich werde sie mein leben lang
vermissen

sie ist in mir
sie ist in mir

(für wenige momente
war sie es
die mich leben
hat spühren lassen
- JA!, LEBEN!)

alles ist vorbei:
der traum.

die hölle des lebens
hat wieder begonnen.

(das licht
ist das geheimnis der welt)

nach dem wahnsinn
kommt der alltag
und die normalität
(wie er selbst)

einst war sie das licht;
nun ist sie die dunkelheit

es geht weiter.
dann das ende.
und dann wieder weiter.

(ich habe den tod gesehen
- er ist nicht das ende.
das war meine geburt.)

nun
bin ich welten entfernt:
dies ist
der einsame winter
der letzte winter

***

ich bin zweiundzwanzig
und mache nichts anderes
als
schreiben
leiden
schlafen
trinken

ich genieße meinen untergang
ich lebe für ihn.
(paradox?)

***

es ist ein logischer schluß:
wenn die welt draußen
nichts zu bieten hat
ziehe ich mich in mir zurück

***

die liebe läßt dinge ausschalten
die menschlichkeit sind:
die gabe aufzugeben

ich kann nicht.
auch wenn ich es wollte.

ich kann nicht.

***

immer wieder
kehre ich an die orte zurück
die mir am meisten leid
zugefügt haben
...

nur die liebe kann mich retten
- sei es die liebe einer frau
- sei es die liebe von/zu gott

(dasselbe.)

und das eingehen dieser liebe
wird mein untergang sein
(es ist mein untergang. der engel.)

***

noch schneit es nicht
nur regen ...
regen. regen. regen.
und kälte.

es regnet von morgens bis abends
tag für tag
ich fühle mich nach seattle versetzt

dort lebte ich einst.
einen herbst
und einen winter lang.
vielleicht die schönste zeit
meines lebens

ich denke oft zurück
- die magie von seattle
doch das damals ist vergangen
unwiederruflich vorbei

erinnerungen tun weh.

das ist der schmerz
der vergangenheit
...
er ist das einzigste
was im jetzt und heute
übrigbleibt
(außer vielleicht die bläße
alter gedanken
... gefühle. - gefühle?)

***

ich lebe in der dunkelheit
immer.
bei tageshelle verschließe ich mich
verhänge die fenster
laß alle rollos herunter
- dann ist auch der tag
meine geliebte nacht

geliebte nacht - mein liebster tag!

***

der tod dauert das ganze
leben
- er hört auf
wenn er eintritt

***

die nächte des winters
sind lang
sehr lang

ich trinke whiskey, wein und tee
höre klassik im radio
ich spühre, der schnee
wird bald kommen.
bald.
ich lese bukowski;
fühle mich verwandt
- grundlos -
aber manchmal
bin auch ich einsiedler
wie er
und wie er
schreibe auch ich manchmal
romane, gedichte ...

ich bin jung, habe träume
und keinen anspruch darauf
dichter genannt zu werden

dichter ist der
der geschrieben hat
und tot ist

und noch lebe ich.
noch.

(vielleicht werde auch ich einmal
ein dichter.
doch das werden nur
die anderen wissen.)

***

es gab frauen
mehr oder weniger viele
manchmal war es verliebtsein
manchmal nur ficken

alle hatten dasselbe problem:
sie kamen zu mir zurück
...
sie verstanden mich nicht -
und wollten zurück zu mir
...
wieso, wußte ich nie
- sie nannten es "magie"
...
alle wollten zurück
außer eine: ein engel
- als sie ging,
kam sie nicht wieder.

***

wenn mich der geist
der traurigkeit
mit all seiner macht
umhüllt und in sich einschließt
wird die welt
in der ich bin
zum fernsten aller orte

dann bleibt mir nichts drüber
als auszuhalten
zu überleben
gegen mich selbst zu kämpfen

schließe mich ein
verlasse tage nicht das haus
rede tage nicht ein wort
steh still
und halte aus
den schmerz des seins
(den schmerz meines seins)

***

was menschen betrifft
so hatte ich nie einen freund
und habe auch jetzt keinen

ich bin eine pilgerseele.
...
meine einzigen freunde
sind bücher:
sie reden zu mir
indem sie schweigen
(und während menschen reden
schweigen sie)

ich hasse die menschen nicht
ich liebe sie auch nicht -
das schlimmste ist der fall:
ich empfinde gar nichts für sie
...
ich lebe unter ihnen.
nicht mit ihnen.

ich brauche die einsamkeit
zum leben
doch ich weiß, sie ist mein
untergang
- leben mit leben zerstören.

: die macht des freien willens!

***

es waren zwei nächte im april
(vor vielen jahren)
als der engel mein war
ein paar stunden nur
- stunden
die die kraft besaßen
mein jahrhundert zu werden

beethovens "mondscheinsonate"
birgt alle erinnerungen
an diese zeit

sie war ein engel - ich nur ein mensch

***

heut ist so einer dieser
seltenen morgen
an denen die welt
auferstanden ist
vom dunklen tod der nacht

die kalte, reine, saubre luft!
der himmel ohne wolken
nur die gleißend helle sonne
und das unberührte blau!
...
die welt ist neu geboren
und fühle ich mich
wie das erste kind auf erden
tief eingetaucht
in gottes unschuld

ich lebe
und ich lächle

***

manchmal
deformiert sich mein gesicht
...
ich schaue in den spiegel
und sehe
wie es sich verändert
verformt
in myriaden aussehen
ich sehe mich an
und bin niemals ich (allein)
es formt und formt und formt

ich schaue in den spiegel
und sehe einen fremden
- jeden tag ein anderer

(ein grund
zur entsagung der außenwelt
zu der auch mein körper zählt)

die wahrheit ist hinter dem spiegel.

***

rausch! ja, rausch!
ist es, was mich verzehrt
die stimmung
der geburt des abends
ist die macht
die mich begehrt

und ich sie in mich lasse
jene sucht:
rausch! ja, rausch!

***

wieso schmerzen erinnerungen mehr
als zum zeitpunkte
da sie geschehen sind?!

***

mein leben
trägt den namen "leid"
da ich einen engel liebe

ich habe meine seele
an sie gehangen
und sie hat mein leben
mit sich genommen
in ihre welt

ich weiß, sie ist fort
irgendwo im nirgendwo
ich weiß, ich bin hier
und werde sie ein leben lang
vermissen
auch ich bin
irgendwo im nirgendwo

***

rauchen
lesen
trinken
nachsinnen

ich trinke viel
ich bin zweiundzwanzig und ich trinke

jeder rausch ist anders:
rotwein, anders als weißer
anders als whiskey
anders als champagner
anders als vermouth

jedes gesöff hat seinen
rausch

aber eines ist stets gleich:
es gibt wenige minuten
in diesem rausch,
in denen der geist
all seine pforten öffnet
und diese unendliche weite
von sich preisgibt
die er wirklich ist
...
diese momente vergehen rasch
sehr rasch
und gleich darauf
folgen diese zeiten
in denen der geist
vom rausch umhüllt wird
und der geist
nur noch eine kloake ist
eine stinkende, widerwärtige

für die wenigen augenblicke
der absoluten geistigen höhe
reinheit und weite
gebe ich alles:

ich trinke
um kurz dorthin zu gelangen
wo ich am liebsten
immer
sein würde

***

vor mir liegt die "metaphysik"
ein erhabenes bild
ein heiliges wort
ebenso die welt
in die aristoteles' werk gehört
heiligkeit: philosophie

kerzen, tee und wein
nacht, einsamkeit
und die metaphysik

ein ganz normaler abend

***

du bist wie ein engel
du bist wie eine sonne
du bist mein engel
du bist meine sonne
...
songtexte...
irgendwie nur nebenbei
nehme ich eine platte auf
allein
zuhaus

nur gitarre und gesang

ich singe von meiner liebe
zum engel
von meiner seeleneinsamkeit
von meinem schmerz
ich singe:
du bist mein engel
du bist meine sonne

nebenbei rauche ich cigarillos
trinke whiskey flaschenweise
bin allein
nur ich .. und ich
schreibe notizbücher voll
lese baudelaire, blake und bukowski
und nehme ab und zu
meine lieder auf

für mich
vielleicht für die nachwelt

ich fühle mich gut
ich weiß, es ist der falsche weg
aber ich fühle mich gut
(bei meinem untergang.)

***

man macht alles
ALLES
nur aus dem einem grunde
daß die anderen
die eigene seele erkennen mögen

darin liegt aller sinn

(vergeblich?)

***

lese ich nietzsche
so erkenne ich in seinen schriften
die essenzen dieser welt
- jedes wort eine explosion;
nicht immer meine wahrheit
- aber EXPLOSION!

sein damaliges übermorgen
ist unser heute

***

die großstadt ist der ort
der mich beherbergt;
die stadt, das heißt:
straßenschluchten
keine sterne
viele schatten
stahlbeton und automassen
versteckt unter menschen

dort lebe ich
allein -
(in mir ist meine welt)

vor meinem haus
steht eine alte laterne
und des nachts
ist es ihr künstliches licht
welches mir
das strahlen des mondes ersetzt

***

alle frauen waren älter als ich
- ein komplex?
und je dreckiger das spiel
mit ihnen war
desto anhänglicher wurden sie

jeder gedanke
ist ein einsames etwas

ich ficke sie, diese frauen
verflossene und neue
ich ficke sie
wieder und wieder
doch meine gedanken
sind einsam
ich ficke sie
und währenddessen
bin ich einsam
ich ficke sie
(und denke an den engel)

doch sie kommen wieder
wieder und wieder

ich bin ein werdender mann
doch sie sind reife frauen
und ich glaube
auch sie sind einsam

einst glaubte ich an die große ewige liebe
dann liebte ich - sie, den engel
...
und ich mußte feststellen:
die große liebe
muß nicht ewig währen

um sie selbst zu sein

danach
folgt der schmerz
- doch ER ist ewig.

***

für irgendwas muß doch alles
gut sein!
...
all das leben!
all das leiden!
all das lieben!

wir ahnen in uns das ende
- DAS GROßE ZIEL -
doch wissen es nicht zu deuten
zu sehen
...
wir sind nur menschen:
eingesperrt in uns selbst

der mensch ist sich selbst
sein käfig

der käfig hat einen namen:
er heißt "logik"

wer dem kreis folgt und nie ausbricht
wird irgendwann am selben punkt angelangen
und einsehen:
alles war umsonst

***

mein haus hat unzählige zimmer
voller antikem möbiliar
wie in einem schloß
alt und kostbar -
doch was ist mein lieblingsplatz?:
in der küche
gibt es einen alten holzstuhl
alt und dreckig
gleich neben dem küchentisch
dort sitze ich oft und gern
trinke und rauche
allein
lese und schreibe
allein

ich liebe diesen platz -
nur an diesem ort
sehe ich den genuß meines seins

***

ist es nicht seltsam?!:
die größte weltklarheit
entsteht im rausch
...
(- rausch mit rausch bekämpfen)

***

wir alle träumen von dem
märchen einer liebe
bis in den tod
das märchen
von prinz und prinzessin
...
doch wozu wurden dieses erfunden?

weil die realität es verwehrt?

***

ich
verliere
mein bewußtsein

alkohol
zu viel

ende.
(fast)

***

wozu einen weg
wenn es kein ziel
geben sollte?

(leben und tod)

***

manchmal fühle ich mich
wie ein sterbender
...
zweiundzwanzig

***

mein leben baut sich
auf lügen auf
ich bin eine lüge
(wie diese gottverdammte welt)

die wahrheit
ist das fremdeste gut
in meinem leben

***

sind alle werte dieser welt
vergangen?

(sex ist wertlos.)

***

es ist gut zu wissen
daß nichts so bleibt
wie es ist

alles ist stets in veränderung
alles bewegt sich
nichts bleibt stehen

darin liegt die ewigkeit

vielleicht die letzte hoffnung

***

meine seele
hat das aussehen einer krähe
welche sich hin und wieder
im tiefen nebel
unkenntlich macht;
nicht zu erkennen

sie fliegt
weit empor in alle höhen

und manchmal
ruht sie bei mir
und ich erkenne
all ihre schönheit.

beides ist selten
beides unendlich wundervoll

sehe ich in ihre augen
sehe ich reinheit und unschuld

***

alkohol läßt die zeit zeit sein
etwas, was für mein sein
unwichtig ist
er schaltet dieses bedrückende
beklemmende gefühl in mir aus
zeit zu nutzen
- nur dieser wahn der menschen
lähmt

läßt man zeit zeit sein
wird sie zu dem
kostbarsten gut
was sie sein sollte
doch durch menschens vernunft
nicht sein kann

***

früher einmal
in meiner jugend
dachte ich
diese spontane euphorie in mir
sei etwas vollkommen normales

ich lebte mit ihr
nahm sie an und wurde älter

jetzt wurde mir gesagt:
sie ist etwas krankhaftes
meine euphorie ist anormal

***

mit umnebelten sinnen
ist die welt
halbwegs erträglich
...
ich schaue in den grauen himmel
sehe weltens hülle
sehe schatten meiner krähenseele
...
vielleicht ist die mein letzter winter.

***

es wird immer kälter
ich habe kein geld
für kohlen zum heizen

ich friere

innen ist es so kalt
wie draußen

die kälte dieser welt
macht nirgendwo mehr einen
unterschied

ein grund mehr zu trinken

diese kälte
- nur nicht bei verstand sein!

besonders schlimm
sind die nächte

ich erinnere mich,
daß ich in den letzten jahren
manchen morgens aufgewacht bin
...
und ich war vor kälte
überall am leibe
angeschwollen, aufgequollen:
meine finger so dick wie würste
mein gesicht das eines schweines

diese winter habe ich überlebt.
was hat die jugend doch für
kraft!
(so gottesgleich, beinahe)

jetzt wird es wieder so kalt
manchmal habe ich angst vor ihr
die angst ist ein weiterer grund
zu trinken
...
sich abzutöten

***

ich lag bei einer dieser frauen
nacht, kerzen, sie neben mir
und manchmal
redete ich endlos
ich starrte zur decke
diese frau im arm

und redete, redete, redete
wie im delirium

dieser einen erzählte ich
meine unsterbliche liebe
zu meinem engel im kopf

ich weiß nicht mehr
was ich sagte
ich weiß nicht mehr
wieviel und wie lang ich redete
...
alles was sie erwiderte war:
"du weißt, daß das schizophren ist"

***

ich weiß nicht
was all die älteren frauen an mir
finden -
ich bin häßlich -
vielleicht sind es meine augen
(das einzig brauchbare an mir)
vielleicht meine art zu reden
wie ich rede, was ich rede

ich weiß es nicht

ich liebe meine einsamkeit
meide die menschen
fühle mich bei ihnen unwohl
und von gleichaltrigen
mädchen eingeschlossen
halte ich rein gar nichts

aber durch seltsame begebenheiten

landen immer wieder
wunderschöne, ältere frauen bei mir
elegante, stilvolle, exzentrische

meist um die zehn jahre älter
öfter mit kind
...
und wenn sie mich kennenlernen
wollen sie
mich nicht mehr gehen lassen
...
und vielleicht ist es das
was mich mit ihnen
mein dreckiges, teuflisches, böses
spiel
spielen läßt

ich biete ihnen stets
zwei extreme:
das himmlische
das diabolische

und alle haben eines gemeinsam:

sie wissen nicht
mit mir umzugehen
...
sie verzweifeln
...
ich treibe sie zu extremen handlungen
ich reize reaktionen in ihnen hervor
die sie selbst an sich
noch nicht gekannt haben
...
dafür lieben sie mich
... und hassen

mich, wenn ich sie verlasse
wenn sie es aussprechen:
"ich liebe dich"

ich kann nicht lieben
nicht wirklich.
ich muß einsam sein

***

ich höre jazz aus dem radio
bin allein
...

trinke, rauche
denke nach.
alles zuviel.
...

es gab nur einen wunsch
in meinem leben
der magie in sich hatte:
die vorstellung
schriftsteller, dichter zu werden
...

schreiben, schreiben
leben, leiden
...

ich bin allein und denke
- was sollte mir im wege stehen?
...

ich bin zweiundzwanzig
habe vier, fünf, sechs romane geschrieben
über zweitausend gedichte
...

doch das gefühl will sich nicht
einstellen - ich meine
das gefühl

der vorstellung
schriftsteller zu sein

vielleicht merke ich es auch
nur nicht, weil ich es
lebe
(und nicht mehr darüber nachdenke)

alle sagen ich habe
unglaublich viel geschaffen
ich sage
all das ist nichts wert,
da es geschaffen WURDE
...
alles was zählt
ist der moment des schreibens

***

wo sie ist
weiß ich nicht
...
weiß nur, sie ist ein engel
...
ich lernte sie vor drei jahren kennen
...
dann verschwand sie
...
brach mir das herz
...
nahm meine seele mit sich
...
ich liebe sie
...
und ich hasse sie
...

und ich liebe sie

***

als ich sie sah
wurde meine seele
verformt
- sie hat nun ihr aussehen

ich lebe, um sie zu
vergessen

sie ist mein fühlen
sie ist mein leben
sie ist mein schmerz
der mich erhält

seit jahren ist sie irgendwo
irgendwo
und ich weiß nicht
in welcher welt sie ist
...
ich jedenfalls bin hier
hier
irgendwo im nirgendwo
und allein
...
ich weiß nicht
ob sie mich noch liebt
noch weiß ich ob sie lebt
...
sie ist ein engel
und ich bin ein mensch
...
und uns trennen welten

nun bin ich beinahe
besinnungslos
...
aber immer noch
spühre ich die liebe
in mir
für sie
den engel

***

ich bin student
noch kann ich machen
was ich will
...
doch wie ist es später?

ich studiere philosophie
mag nietzsche und schopenhauer

ich springe von welt zu welt
wie ein gott
von suff zu realität
von buch zu buch
wie es mir beliebt
- ja
ich bin mein gott!

***

dieses verkackte leben!
geht es nicht stets darum:
"ich bin mehr wert als du!"

***

besinnungslos
versuche ich
die zeit zu überleben

...

(und stets denke ich an den
engel)

***

im besinnungslosen zustand
nehme ich songs auf

...

einer ist gut

...

er heißt:
"heart of stone"

ich mag ihn

***

ihre letzten worte waren
daß ich weiß, wir werden uns
wiedersehen
und daß ich etwas noch nicht
wissen würde

...

und daß sie mich liebte

ich schwieg.

dann verschwand sie
und ich blieb allein zurück
in einer einsamen welt

das war vor mehreren jahren

seitdem spührt meine seele
sehnsucht
und
ich bin in mir
allein

allein

***

in jedem gibt es eine flamme
ein feuer
welches man betrachtet und sagt:
dieses ist die liebe

doch manchmal
schaut man dieses feuer an
und erkennt:
es sieht aus wie immer
es hat sich nicht verändert
und während man es betrachtet
meint man:
dieses ist der hass

***

mein leben
ist eine systematische
selbsthinrichtung

ein leben in extremen
ein leben im exzess

eine kerze
angebrannt an beiden enden
...

doppelt so hell leuchtend
doppelt so schnell abgebrannt
(verkommene klischees.)

(war es nicht nietzsche, der sagte:
wer leuchten will
muß brennen

...
ja
das eine bedingt das andere!

***

träume offenbaren sich mir:
ich träumte, der engel
der vor langer zeit einmal
in mein leben getreten ist
und wieder verschwand
sagte als letzte worte
so wundervoll, verheißungsvoll:
"ach...
glaube mir
es ist nicht das ende.
ich weiß es
aber du kannst es nicht wissen!
eines tages wirst du verstehen...
alles, was du heute nicht kannst
da du die wahrheit
nicht kennst...
aber der weg
ist noch weit!"

so sprach sie zu mir
im traum - der engel
und während sie sprach
sah ich sie an

und weinte
ihrer schönheit wegen

es war nur ein traum
oder war es nur traum?
nicht eine verborgene erinnerung
einst gesprochener worte

dieser engel
(ein juwel rothaariger magie)
...
nichts und niemand auf dieser welt
bewegt mich so sehr
wie sie.
einerseits ist dies ein fluch
- andererseits das
größte geschenk
was ich mir denken kann

hat sie es wahrhaft ausgesprochen?
oder ist alles nur traum?
irgendwo geboren
im schlamm tiefster wünsche

***

sie ist der feurige engel
sie ist nicht bei mir
aber immer noch
verbrennt sie mein innerstes

***

ich brauche in jederlei hinsicht
das extrem
um überhaupt noch etwas fühlen

zu können
um dieses etwas
fühlen und wahrnehmen
zu können

nur das extrem einer sache
ermöglicht mir
dessen bewußtsein
- um zu leben

(doch diese art des lebens
ist der untergang)

***

der engel in meinem kopf
...
ist es der blick
in mein nächstes leben?
...
ist es ein verirrtes bild
eine vision, eine idee
ein einblick
in die welt meines nächsten seins?
...
wird sie, der engel
dort auf mich warten?
und ist ihre sehnsucht
nach mir so groß
daß sie das eine meine leben
nicht mehr abwarten kann...
und in meinen geist, meine seele
dringt - um sich mir
kenntlich zu machen?

***

hin und wieder verlasse ich diese
welt
und streife ab die realität
von mir
mit einem augenniederschlag

dann verläßt meine seele
diesen meinen leib
und schweift umher
in fremden welten, wunderschön
und
hin und wieder
betrete ich diese welt
in der sie lebt, der engel
...
meine seele schaut sie an
und spührt:
sie ist die eine
auf die ich eintausend leben
warten mußte
und immer noch
ein leben
oder weitere tausend
überstehen muß

wenn meine seele
die ihre streift
ist sie erreicht:
die höchste höhe beider wesen

***

unerfüllte wünsche
durchstoßen meinen körper
und brechen mein herz

die spitze des speeres
hat ihr aussehen
- das aussehen des engels

ja
es ist ein fluch:

mir wurde in diesem leben
etwas offenbart
was ich in diesem leben
niemals erlangen kann

ich weiß, es gibt sie
doch nicht hier
in dieser welt -
doch ich weiß, es gibt sie

wie sollte ich damit
jemals klarkommen?
jemals dieses überleben?

(rein rethorisch.)

liebe ich einen geist?
liebe ich eine vision?
liebe ich eine nächste welt?
...
ich liebe einen engel
und weiß:
ich
bin nur ein mensch.
nur ein mensch.

(gefangen in diesem sein.)

***

weiß sie, daß ich sie liebe?
weiß ich, daß ich sie liebe?

eingesperrt in mir selbst
versuche ich mich zu erlösen
...
und scheitere kläglich.

***

wieso nur mußte ich sie
in mir
in diesem leben treffen?
wieso nur mußte es
in diesem leben passieren?

***

es wird immer opfer geben
für alles
...
und meist sind diese opfer
das
was man am meisten liebt

man bezahlt
die eine liebe für eine andere

dies ist der kreislauf des leids
und letztlich wird man niemals
glücklich

***

ich wünschte, mein herz
bliebe stehen.
...
heute abermals ein anfall

mittlerweile kotzte ich
schon sechs mal

das feurige fieber in mir
verbrennt mich
langsam, ganz langsam
aber in jeder pore spührbar

ich habe seit tagen nichts gegessen
und kann mich nicht bewegen
die beißende kälte
dringt durch die bettdecke
und lähmt jedes gelenk
jede kleinste bewegung
ist eine höllenqual

und auch meine seele
scheint vom feuer erfriffen zu sein
die flammen verzehren mich
sie lassen mich wahnsinnig werden

grausame halluzinationen
irrer fieberwahn

ich liege starr und steif im bett
versuche den schmerz auszustehen
und wünschte:
mein herz bliebe stehen

sollte dies also nun
mein ende sein

so ist es ein
lächelndes:
meine letzten gedanken
sind von ihr, dem engel

(seltsam
aber ich fühle mich ihr
nun in diesen qualesmomenten
näher dennje
...
es ist, als wäre sie fast bei mir
steht mir gegenüber
und schaut mich an
sie lächelt mir zu
und an manchen ihrer leibesstücke
ist sie noch unsichtbar

sie ist so wunderschön
...
und ist es nicht paradox
daß der momentane höllenschmerz
das schönste vor mir offenbart

ich kann nicht reden, bin zu schwach
schaue sie nur an
und fühle mich leicht
ihrer welt
annähernd
(und somit meiner wünsche ziel)

***

das ständige kotzen
läßt mich all meine
gedärme spühren
- ich schaue in mich

und es ist, als folgte mein leib
dem willen in mir
und meinen träumen:
diese welt zu verlassen
und hinüberzugleiten in die welt
meines engels
(mit den roten haaren)

***

wieder eine sterbensnacht überstanden.
überstanden
das aufschreiende erwachen
vor schmerz

die nacht habe ich überlebt
- jetzt kann ich mich wieder
voll auf die kälte und den hunger
das tages konzentrieren
dessen qualen mich ablenken
von den qualen der dunkelheit

***

wieviele tage sind vergangen?
...
ich weiß es nicht.

irgendwann vor einiger zeit
der schmerzen
(vielleicht vor zwei tagen
vielleicht vor zwei wochen)
begann ich damit
mich stillzulegen
mit schlaf- und schmerztabletten
...

es wurde zur rotiene:
schlafen, kurzes bewußtsein
tabletteneinwurf, wieder schlaf

...

ich weiß nicht
welcher tag heut ist
wann alles begann

...

doch das ist nicht mehr
wichtig

***

erst in momenten extremer
krankheit
allein und leidend im bette liegend
merkt man
das leidliche gift:
die stachel der einsamkeit

sie durchbohren die sensibelsten
seelenlappen

während sie dies taten
erschien es mir wieder:

nur liebe vermag
liebe zu heilen

(wird mich einmal
der engel vom engel
heilen?)

dann lächle ich und flüstre:

und jeder sonnenstrahl

der dich berührt
ist ein streifzug meiner seele
in deine sinnlichkeit

…

hört sie meine stimme?
sie sagt:
sternenschwan
mein sternenschwan...
und jeder sonnenstrahl
der dich berührt
ist ein streifzug meiner seele
in deine sinnlichkeit

***

sie, der engel
und ich, der mensch

…

es ist die chemie zwischen uns
die uns welten hindurch verbindet

wir beide sind substanzen
deren elemente
in keinem buch verzeichnet sind

…

sie reagieren miteinander
ständig
ihre entfernung zueinander
spielt niemals eine rolle
wichtig ist allein:
sie sind
- und ja:
WIR SIND

…

und es ist die chemie zwischen uns
die mich das wahre spühren läßt:

wir sind

***

ist es so?
läßt mich nur das schreiben
überleben?...

***

laßen wir vergangenheit
vergangenheit sein
laßen wir sie ruhen

ich werde meinen weg
zur sonne finden.
wenn ich mich selbst zerstöre
kann ich nicht weiter scheinen.
...
scheinen!
scheinen!
bis sich zwei lichter
zu einem verbinden
gleißend
göttlich
wunderschön

die blüte muß
in vollster pracht stehen

***

es gibt tage
die keine sind
...
ohne jedliche struktur

ohne mitte, ohne kern
...

eine einzige verwirrung
und verlorenheit
ohne halt
...

irgendetwas läßt einen
keine ruhe finden
und stößt die seele herum
...

man sucht nach etwas
und weiß, man wird es nicht finden
dennoch sucht man weiter
und jedes nichtfinden
eine enttäuschung
...

(jede hinterläßt eine wunde)

in solchen zeiten
sollte man nur auf die nacht
warten
- das warten auf erlösung

in solchen zeiten erst
blüht die schuld in einen
die schuld eines vertanen lebens

(und manchmal
halten diese wirren tage an
und füllen wochen am stück
- stets endend in tiefster
depression)

"leiden sie unter depressionen?"
"nicht mehr als andere."

***

das bewußtsein
und der freie wille
wurde uns als gabe mitgegeben
mensch zu sein

doch wieso (- um mensch zu sein -)
scheitert der freie wille
am versuche
des vergessens?

über die vergangenheit
hat der wille keine macht
...
das geschehene ist stark
und wird immer stärker bleiben

***

es ist nacht
ich spühre gar nichts
spühre keinen schmerz
spühre auch nichts anderes

in mir ist die leere

würde man mich aufschneiden
fände man das nichts
(und selbst das wäre noch zuviel)

mich bekleidet
ein grünseidener schlafanzug
ich friere nicht, denn
auch die kälte nehme ich nicht mehr wahr

höre ich klassische musik?
oder bilde ich mir alles nur ein?
ist alles nur noch halluzination?
wann habe ich das letzte mal gegessen?
...
es spielt keine rolle
...
spielt überhaupt etwas
eine rolle?

der mensch nimmt sich zu wichtig
das ist sein problem

nur die welt darf egoist sein
nur sie dreht sich um sich selbst

***

über einen verlust in meinem
leben
bin ich nie hinweg gekommen
und
die trauer wird anhalten
bis zum ende
...
: es war der tod meiner
kindheit
: es war der verlust meiner
seelischen unschuld

(wie ungleich schöner
ist doch die morgenröte
im vergleich zum mittag!)

***

hin und wieder
finde ich kleine weiße engelsfedern
in meinem bett
klein und wunderschön
und frage mich:
sind sie von ihr?

ihr reines weiß
trägt alle schönheit in sich
so sanft und zart
wenn sie die haut berühren
und durch ihre schlichtheit
sinnesexplosionen mit sich bringen

dann hebe ich sie auf
und lege sie neben die anderen

***

die dekadenz steckt in allem
mehr oder weniger
der verfall allen seins
alles ist nur zeitlich

***

die abende
werden vom weihnachtsgefühl
begleitet
das gefühl zerreißt einen
das herz
besonders wenn man allein ist
zuflucht sucht
in kerzenlicht und alkohol
und schreiben

ich bin auf einem
schwarzen stern
am schrein
am schreibtisch

auf diesem stehend, vor mir
steht ein gewaltiges regal
gefüllt mit hunderten büchern

der heilige platz

ich sitze auf einem
rokkokostuhl
schreibe
und vor mir: das wesen
hunderter geister und seelen
auf die ich schaue
- die auf mich schauen

(immer geht es
um das gleichbleiben
und das anderswerden)

ich arbeite; über stunden
das arbeiten lenkt mich ab
es erlöst mich auf eine art

***

irgendwann früher
vor vielen jahren
es war spätwinter
und ich fuhr mit dem auto
irgendwohin; hinein
in die nacht
gekleidet in schwarzes leder

es regnete
es war bitterkalt
ich hörte meine lieblingssongs
der radioköpfe

alte zeiten
selige
tränen der erinnerung

ich fuhr in die nacht hinein
berauscht vom hohen fühlen
irgendwohin
und dachte, ich fahre
zu einem ziel
fahre in die gegenwart
des engels

während der fahrt
umrang mich nur nacht
und der gedanke
an den freien tod
und ich sah rehe und anderes wild
über die nächtliche straße laufen
fühlte mich
wie der einzigste mensch
auf erden
nur ich, die nacht und stille

das ziel habe ich nicht erreicht
und in traurigkeit fuhr ich
zurück

***

(der maler hat sein modell
er malt es

manchmal heiratet er es.
der dichter hat seine muse
er schreibt über und durch sie
manchmal heiratet er sie.)

***

(hat der mensch
einen freien willen?
scheinbar schon.
unscheinbar nicht.
er ist sklave
seiner eigenen vernunft und logik.
kein freier wille.
er ist ein gefangener.
er ist sein gefangener.)

***

mir bleibt es versagt
zu leben
da ich philosophisch bin
durch und durch

fluch und segen zugleich
und ein zwang zur einsamkeit
ein philosoph muß einsam sein
um zu sein
ein philosoph muß leiden
um arbeiten zu können

das ist seine bestimmung
und meine berufung

***

ich glaube wohl kaum
daß mich die depression
vernichten wird
nein
eher die euphorie

EUPHORIE!!!

(wie der tag heut.)

gestern, vorgestern,
ja die ganze woche
zermürbte mich die traurigkeit
und heut wachte ich auf
und eine göttliche freude
riß mich umher
stieß mich
von wirbel zu wirbel
ja!, das war euphorie!
reinste freude!
reinste macht!

ich bin euphorion
und verbrenne
an mit selbst

zu viel kraft
zu viel energie
zu viel von allem

ja, das wird mein untergang
nicht das klischeehafte ende
aus traurigkeit und schwäche!

ich arbeite am roman
von früh bis in den nachmittag

- höllenfeuer in meiner seele
und endloses glück! -

dann genoß ich
den sonnenuntergang
die schönste tageszeit, o ja!
und begann
joyce' "ulysses"
(und war enttäuscht
von stil und beginn)

und wieder einmal merkte ich:
nur der rausch
macht mich klar
...
zwei minus sind ein plus

***

in trance
wache ich nachts oft auf
stehe geistig neben mir
und bin auf einer andren ebene
seelisch, geistig, emotional
und wandle nackt umher
bin sklave einer macht
die nicht mein selbst ist

der mond der nacht
strahlt sein helles licht
in meine küche
auf den roten samtsessel
sitze ich
und starre zum mond
es ist kalt
und die atmosphäre

ist die einer anderen welt
traumesgleich

hinter meinem rücken
höre ich leise schritte
schritte bloßer frauenfüße
dann spühre ich einen atem
in meinem nacken
und ein sanftes, ruhiges atmen

als ich mich umwende
ist niemand da
ich bin allein.
dann schaue ich weiter
zum mond in die nacht

(war sie es? der engel?
ich glaube an sie.)

mein erwachen zu allem
war ein gefühl geküßt zu werden
ein sanfter, warmer kuß

als ich wieder einschlief
fühlte ich meine wange
gestreichelt

(dann überkam mich traurigkeit.)

***

manchmal vergeße ich
wie der engel wahrhaft aussieht
vergesse den antlitz
ihrer nase, ihrer lippen
ihres kinns, ihrer stirn

ihrer haare, ihrer wangen
vergesse das aussehen
das aussehen und strahlen
ihrer augen

ich vergesse wer sie ist
es ist zu lang schon her
- dies also nun
ist die geschichte
des vergessens
...
eine traurige geschichte

ich weiß nicht mehr
wie sie duftet
ihr schoß
ihr haar
ich weiß nicht mehr
wie ihre stimme klingt
...
ich vergesse alles
schon zu lange ist es her
aber seltsam:
die liebe
spühre ich nach wie vor in mir
so unendlich groß
und wunderschön
und fühle:
sie ist lebenszweck.

ich habe über jenen
rotgelockten engel
unzählige romane und gedichte
geschrieben
...
aber wofür?

war alles ein sinnloses
unterfangen?
...
sie ist ferner dennje
und ich in sehnsucht
einsam.

ja.
dies nun
ist die geschichte
des vergessens
des seelischen verdrängens.

***

oft erinnert mich mein abend
an nostradamus
... wie er auf seinem schemel saß
stehend im ätherischen wasserdampf
mit chemischen dämpfen
einatmend die substanzen
sie sein hirn befreien
sein bewußtsein erweitern
...
und so sitze ich am schreibtisch
befreit von substanzen
und schreibe nieder
was ich -in mir- sehe
all die wundervollen visionen
von welten
in denen ich gern leben würde
und weiß, ich werd es nie

(ist der rotgelockte engel
eine dieser visionen?)

es ist ein ritual:
substanzen zur bewußtseinserweiterung
kerze, nacht
tinte und feder und papier
und ich. ein ritual.

nostradamus.
...
(sah er nicht die zukunft?
sehe auch ich sie? -
den engel?
ist sie meine zukunft?)

***

es gab irgendwann einmal
einige anstöße zum schreiben:
nietzsche, miller, wilde
danach unzählige weitere. verbündete.

jeder tag ist die geburt
unsterblicher momente

***

alle menschen
die ich jemals wahrhaft liebte
sind entweder von mir gegangen
nicht wiedergekehrt, gestorben
...
es ist ein fluch
alles was ich liebe
ist nicht bei mir
oder wenn es dies tut
bleibt es nicht

***

manchmal reicht es aus
ein wesen
nur für momente zu streifen
um es
das darauffolgende leben
voller hingabe zu lieben.
zu lieben.

(der engel.)

***

die glühweinzeit hat begonnen
ich ernähre mich von ihm
und genieße dies. -
seinen warmen rausch
sein schatz an erinnerungen
seine tränen
seine freuden
alles an ihm
...

ich trinke ihn
und schmecke vergangenheit

(genügt es mir
ein geheimnis zu sein?)

er wartet man jemals
daß einen die liebe begegnet?

die gewißheit
jemanden so zu lieben
hat man im leben nur einmal
...

sie ist ein juwel
rothaariger magie.
sie ist ein engel.
sie ist meine gewißheit.
sie ist mein vergängnis.

beim letzten abschied
weinte sie bitterlich

***

während wir
die kleinigkeiten beachten
verstreicht das wahrhaft große
unbemerkt

***

gehorcht die liebe
jemals erwartungen?
…
sie ist ein mysterium
so rein und wunderschön
aber unergründlich.

wir sind nicht mehr
zwei verschiedene wesen.
(und wir beide wissen es.)

***

mit stil in den untergang

es ist tiefster herbst
alles ist braun, gelb, schwarz.
es ist meine zeit:

dandy-zeit

ich inspiriere mich mit dem
was ich darstelle
inspiriere mich mit dem stil
längst vergangener zeiten
trage nadelstreifenanzüge
barockkrawatten, edle westen
feine schwarze hemden

alles an mir ist dunkel
und in sich stimmig -
ich bin der teufel der nobles
die unnahbarkeit in schwarz
die stilvolle dekadenz

(das vollkommene symbol
einer, meiner krähenseele:
der weinende clown
...
tränen und lachen vereint
liebe und schmerz
alles in einem)

es ist fürstenzeit!
es ist herbst!
und ich labe mich am
traumesgleichen scheindasein
- es berauscht mich
mehr als andre drogen
- es reißt mich welten hinfort
- es läßt mich leben spühren
- es läßt mich alles sein genießen

läßt mich mein mythos sein

***

es gab frauen
auf die ich das bild des engels
projezierte
und sie dann begehrte, liebte
wie ich es bei jenem engel tat

dann dachte ich
sie wären dieser engel
und wunderte mich
daß so vieles an ihnen stört

alles endete mit einem drama
da ich stets das erfahren mußte
was die wahrheit ist:
...
keine ist der engel.
sie gibt es nur in mir.

und ach! ich wünschte so sehr
ich hätte dem engel
das geben dürfen
was ich jenen frauen gab
im truge dessen sie wären sie

***

ich besuche die orte
einstiger heiliger visionen
und stelle fest
ihr wert und ihre schönheit
sind unantastbar, unergründlich
...
in einem park im jenseits
- mitten auf erden

erkenne ich das paradies
die ruhe; alles träume
welche ich einst träumte
und die, die noch nicht
von mir geträumt wurden
begegne ich hier
und spühre das gute
aller göttlichkeit

visionen.
die alten und die neuen feuer
einer seele voller sehnsucht
die vergessen will
und darum kämpft
das schönste zu verstoßen
was ihr passieret war
...
zweier monde hälften schlossen sich
und wurden eins
in einer kühlen wintersnacht
und sein volles strahlen
hieß verkünden:
gottes lächeln tief in uns.

(in aller liebe's welten.
überall im irgendwo.)

***

der tag der krähe
...
liebe und schmerz vereint
die magisch-süße traurigkeit
auf regennassen straßen
alles geht in grau und grau
: die liebe ist in schmerz getaucht

tief in meiner krähenbrust
(wo einst der phönix hauste)

und dann fliegt sie wieder
die krähe
und verkündet mit ihrem antlitz
: die welt, die uns erwartet
ist der ort der seelenruh

(hier in diesem sein.)

ich spühre ein wesen
im raume wo ich bin
ich sehe es nicht
doch merke, es ist hier
…
ich spreche zu diesem
und warte auf antwort
und zittre ich bei dem gedanken
es könnt der engel sein.

irgendwann hat es begonnen
und konnte nicht mehr aufhör'n

irgendwann, so denke ich
wird der mensch so weit sein
direkt mit gott in kontakt
zu treten.
jetzt
haben wir nur den glauben
als brücke
doch diese wird man
einstürzen
und eine neue erbauen:
eine wirkliche, direkte
…

wir werden uns zu ihm erheben
auf selber stufe
auf das es keinen unterschied mehr gibt

irgendwann.

***

der flug der krähe
ist nicht aufzuhalten
- sie ist unsre seele
... ein gleichklang
welcher nie vergeht

dies ist die zeit
der süßen schwermut
der tief in schmerz
getauchten liebe
zu einem wesen
der unendlichkeit
: sie ist die erlösung.

***

in manchen träumen, die ich habe
kehren meine sünden wieder:
all die schuld, die ich begangen
...
betrogene frauen
benutzt wie seelenloses fleisch
...
all das leid, das ich gefügt
all die tränen fremder augen
all die lust, die ich genommen

...
kehrt gnadenlos zurück
und läßt mich leiden
keinerlei moral gehabt zu haben
die nötig ist
zum guten sein

ich selbst war oft der teufel
und im spiegel sehe ich
die augen eines dämons
hämisch lachend über sich
- denn er selbst ist sein
verderben:
alles leid, was er gefügt
so weiß und wußte er
wird einmal zu ihm wiederkehren
(und aller anfang
sind die träume
alles guten, alles bösen)

es ist die explosion
die auferstehung alter zeiten:
das feuer moralischer höllen

ich dachte, so
zu finden einen freund
einen freund
für das ende der welt
(die manchmal die der andren ist)

ich gründete meine eigene
religion
und werde wohl
ihr eigner heiliger und märtyrer
erhaben über allen schein
unterlegen nur sich selbst

***

nacht wird es
und ich kehre heim
von einer reise
in die vergangenheit

kehre wieder in das
jetzt
und deutlich ist mir:
das damals ist entschwunden

die einstigen plätze
größter heiligkeit
sind am verblassen
wie die gedanken tief in mir
: das licht
wird abgelöst von dunkelheit
der tag wird nun zur nacht
und tobend lauter schmerz
zum schleichenden phantom
...
(und ist es so?:
das leise ist ungleich
stärker
als alles, alles laute;
so der schmerz
und sie, die liebe)

ich kehre zurück in meine
einsamkeit:
das sein, aus dem ich stamme

***

zeigte sie mir den weg auf
würde ich ihr folgen
überallhin
in ihre welt

"zeige mir deine seele.
zeige mir alles was du bist.
zeige mir deine seele -
und ich liebe dich
in die unendlichkeit."

(ahne ich es?:
unvergeßlich
das ist es, was du bist
für mich.
etwas heiliges
ist immer unvergeßlich.)

unendlichkeit.
das ist die reise.
dorthin.
zu gott.
zur liebe.
kurz hinter der sonne.

***

selbst die wirklichkeit
kommt mir unwirklich vor
...
hat es den engel
wirklich gegeben?
in meinem leben?
oder
ist sie nur halluzination
traumgebilde, psychose?

oder
ist sie? wirklich?
und was ist mit meiner
liebe
zu dieser realen surrealität
surrealen realität?
...
(ist oder war es? alles?)

liebe:
zeus trennte das zweigeschlechtliche
wesen hermaphrodit
...
liebe ist die suche
nach der zweiten hälfte
die erst ein ganzes schafft
...
liebe ist die sehnsucht und suche
nach vollkommenheit
und absoluter einheit.
vervollkommnung
- die ewige sehnsucht
nach dem
woraus man stammt/getrennt wurde
...
liebe:
die sehnsucht, suche und ur-sucht
nach der absoluten harmonie
des lebens
durch das finden
des zweiten passenden tones
der erst zur harmonie führt

(soweit.)

nun ist das jetzt -

ich bin in einer andren zeit
die dennoch alles in sich birgt
so auch das damals
so auch fiktives und surreales
gleich was ...
alles ist in mir
und alles wird ewig in mir
sein.

(alles.
der engel.)

***

ist nicht das ziel des tages
in friede einzuschlafen
und dorthin für kurze zeit
zurückzukehren
von wo man stammt
aus dem man geboren wurde

die nacht, der tag
und sagte blake nicht einst:
manche sind geboren für die
ewige nacht

manche sind geboren für die
ewige nacht.

***

der engel
...
ich spühre, wie sie mich
umgibt
ich kann sie nicht sehen

weiß, sie ist da
und ich spreche zu ihr

werde ich wahnsinnig?
sind die visionen anfang des
wahnsinns?
oder ist der wahnsinn grund für diese
visionen?
ich weiß es nicht und will es nicht wissen
weiß nur:
ich liebe sie so sehr
doch weniger lieben
könnte ich sie nicht

liebe ist ein übermaß an
persönlichkeit.
wahnsinn ist ein übermaß an
liebe.

***

ich habe kein fühlen mehr
in mir
als wären alle gefühle
ausgestorben
als hätten sie mich
verlassen

alles was ich
beginne zu werden
ist eine leere hülle
eine hülle mit ein paar
gedanken
hohl und wertlos

ist es immer so

vor dem tod?
ist es immer so
daß vor des fleisches tod
die seele mit all ihren
emotionen und regungen
zu verwesen beginnt?
verläßt das fühlen den leib
vor dessen vergehen?
...
wenn dem so ist
wird es bald an der zeit
für mich
zu gehen.

wo ist das leben?
es beginnt mich zu verlassen
ohne mich kaum
berührt zu haben

erinnere ich mich an das damals
überkommen mich tränen und schmerz.
wie überhaupt war das damals doch
mit wahrhaft hohem, tiefem fühlen!
fühlen, fühlen, fühlen!

und mit dem verschwinden
allen fühlens aus mir
vergeht auch die sucht
(welche mich einst fast niederstreckte)
nach dem rotgelockten engel

ich weiß, es gibt sie
ich weiß, wir sind berufen
und ich weiß:
jetzt als mensch
ist nicht die rechte zeit

für diese liebe

(nicht mehr lang.)

ist es denn paradox?:
mit dem vergehen allen fühlens
nähere ich mich dem ziel
des großen fühlens
der welt der liebe

***

während ich diese zeilen
niederschreibe
vergeht meine zeit
mehr und mehr
und
ich beginne den tod in mir zu
spühren

vielleicht der preis dafür,
daß die romane, die ich schrieb
die romane waren, die ich lebte

doch das schlimmste am tode ist:
ich merke
nichts ist mir mehr wert
...
selbst das einstig größte
ist nun nur noch nichtigkeit
(und der engel
ein verblassendes traumgebilde.)

doch auch wenn all mein fühlen
nun vergeht
so weiß ich doch bewußt

diese jene eine gewißheit
in mir getragen zu haben
jemanden so zu lieben
die man im leben
nur ein einziges mal hat

ich bin zweiundzwanzig
und mein leben geht zu ende
alles in und an mir ist
reine, unverfälschte dekadenz
mein körper ist vergiftet
und meine seele ist des
lebens überdrüssig
sie will nicht mehr

mein leben war ein drama
(ein kurzes)
und der höhepunkt
war sie, der engel
…
und ich erinnere mich:
…
es gibt noch engel
juwel rothaariger magie
verbannt; im blick
im inneren ihrer seele

und wenn nicht
mit ihr
dann auch nicht
ohne sie

… so der hoffnungsvolle kern
zahllos vieler endgedanken.
ich glaube
sie wird mich erwarten

irgendwann einmal
schwor ich mir
am tage, da ich
meine liebe finde
werde ich sie in mir festhalten
und nicht mehr gehen lassen
...

doch was sollte ich machen?!
...

die liebe, die ich fand
fand ich im traum.
ein festhalten war unmöglich
und der einzigste weg
ewig mit ihr zu sein
ist dieser
selbst ein traum zu werden

***

ist es nicht seltsam?!
alle erinnerungen die ich habe
(die kostbarsten, tiefsten
schönsten und höchsten)
spielten in einer zeit
der kälte.
der kälte.
...

wie jetzt, da es kalt ist
und der tiefe winter naht

doch frage ich mich
ob die jetzigen geschehnisse
auch irgendwann einmal
erinnerungen sind
und als diese genossen werden

können
…

denn dafür muß es ein
morgen geben
der das erinnern möglich macht.
…

und vielleicht gibt es kein
morgen.

***

seit tagen nun habe ich
mich eingeschlossen und
mein heim nicht verlassen
seit tagen nun trage ich
den grünen seidenschlafanzug
und mein geist hat sich
entfernt
von allem realen sein
und der welt dort draußen.
besessen habe ich gearbeitet
an einigen romanen gleichzeitig
(es ist schwer
bei nur einem zu bleiben)
ich springe von buch zu buch
erschaffe welten
und bin der gott fiktiven lebens
(fiktiven lebens, welches mein
reales ist)
meine wohnung ist kalt und dunkel
kein licht lasse ich hinein
ich lebe zeitlos und weiß nicht
ob es tag oder nacht ist.
egal. alles ist gleich.
ich trinke viel. sonst schreibe ich nur
und höre musik. rauche.

...
beim durchwühlen meiner
tausenden losen manuskriptberge
zwischen denen ich hause
fielen mir
etwa eintausendzweihundert blatt briefe
in die hände: -
briefe an den engel
...
reale briefe an eine traumgestalt.
sehr intim, ehrlich und tief.
beim durchlesen mußte ich
weinen.
niemanden habe ich meine
seele so sehr geöffnet
wie ihr, dem roten engel
wie ihr, der traumgestalt
wie ihr, der göttin in meinem kopf

diese briefe werden ewig sein
sie werden mich überleben
und vielleicht liest sie irgendwann
jemand.
dann waren sie nicht sinnlos.
dann wird dieser jemand
das klare bild einer
fremden seele bekommen.
er wird sie besser kennen
als seinen besten freund.
aber sie wird es nicht mehr
geben. ein toter freund.
(der beste.)

ich fühle mich
wie ein tier
das sich zum sterben zurückzieht

***

irgendwann einmal las ich
daß einsamkeit schizophren macht
...
wer oder wieviele ich bin
weiß ich längst nicht mehr
: das ich ist längst ein wir
...
meine seele hat keinen kern mehr
er wechselt ständig
das ich hat keine mitte
die realität ist längst hinfort
und
vielleicht wird mein tod
nur ein weiterer traum
einer verwirrten, zerrissenen
verlorenen seele

***

meine geburt wurde begleitet
von einer hebamme der elfen
: sie liebte mich so sehr,
daß sie mich sterben ließ
und offenbarte mir
des todes großes geheimnis.
...
dann holte sie mich abermals
ins leben
und seitdem
tobt in mir die sehnsucht
nach etwas so wundervollem
(das ich als mensch vergaß)

das war vor über zweiundzwanzig jahren.

und nun
suchen mich depressionen heim
die mich zwingen
vor dem rest der welt zu fliehen
und mich zu verstecken.
...
und dann die einsamkeit:

sie kommt über mich
und verändert mich spührbar
dann greift sie den kern meiner seele an
und umhüllt diesen
mit ihrer abgrundtiefen dunkelheit
dann ist der zeitpunkt
wo die seelenqualen beginnen
und ich wahnsinnig werde
...und beginne wie ein wahnsinniger
zu handeln, zu arbeiten, zu leben.
sie macht mich krank.
richtet mich.
und allein vermag ich es nicht
gegen sie anzukommen.
ich kämpfte gegen mich selbst
und zugleich ums überleben ...
in orten der seele
die fern der welt
fern der realität liegen

für das was in mir vorgeht
kann ich nichts
...es ist manchmal da
und es ist stärker als ich...
es ist
die dunkle macht

der seelennacht.

oftmals fordert sie mich heraus
zum kampf.
es sind blutige schlachten
mit unzähligen opfern.
...
der siegreiche ist noch nicht
entschieden.

(die tränenströme der
hinterbliebenen
werden nie versiegen.)

***

seit tagen nun wandle ich umher
fühle mich benebelt
wie im halbschlaf
mit dem bewußtsein
das alles real ist

ich spühre, meine letzten
kraftreserven schwinden
die letzten speicher
wurden angebrochen
- zum versuch des überlebens

richte ich mich zugrunde?
oder werde ich zugrunde gerichtet?
ist es die sehnsucht
nach einem traum
den ich niemals erreichen werde?
ist dieser traum so mächtig
daß er mir mein leben nimmt?

(wo bin ich?)
…

ich lebe in so vielen welten
daß ich nicht mehr weiß
welche die eigentliche ist

doch eines ist in jeder dieser welten
gleich:
alles in mir schreit vor sehnsucht
nach dem roten engel
und jeder schrei wird begleitet
von einem "ich liebe dich so sehr"
(...und weiß nicht, wer und ob sie ist.)

doch auch weiß ich:
nichts ist mehr wert
als das eigne leben.

***

mein schlaf
ist ein trauriger schlaf
gefüllt mit traurigen träumen
…
erwache ich, verfolgt er mich
der traurige schlaf
und jetzt ist es winter
der erste schnee
kündigt sich in der luft an
…
erinnerungen.
so tiefe. seelentiefe.
erinnerungen an träume.
so über-real und bewegend.
…
weimar. glühwein. erster schnee.

die federn des engels. ihr rücken.
ihr streicheln. ihre liebe. abschied.
ein dachboden. kerzen. liebe. krähengefühle.
...
abschied.
...
seelischer abschied.
(tränenmeere. ertrunken in diesen.)

ich laufe einsam durch die straße
und fühle altes fühlen
...
es zermürbt mich.
es frißt mich auf.

das damalssein der emotionen
in einem stück vereint:
albinonis adagio in g-moll

***

das schreiben der etlichen romane
früher; vor kerzen noch
...
ich schrieb. viel. sehr viel.
...
doch
leg ich den stift aus der hand
ist die welt wieder verworren
unwirklich, zerstört, ohne mitte
nur mit dem stift in der hand
hat mein denken klare konturen
deutliche gedankengänge, mein
denken wird wörtlich, die
bilder der gesichte und visionen
kehren sich in wortesmacht

doch
lege ich den stift aus der hand
ist die welt wieder verworren
unwirklich, zerstört, ohne mitte
- ein rausch voller nebel; ohne klarheit
bin dann sklave wilder stürme
hin und hergerissen, ohne ruhe
ohne ruhe, ein treibender strom
der nichts erkennen läßt
(und nur der stift in der hand
läßt mich klarheit in mir haben
läßt mich sehen wo und was
läßt mich bewußtsein haben)

***

das geheimnis der erlösung
ist erinnerung
...
der grund all meines schaffens
das schreiben der romane
lyrikbände, das malen
der gemälde, all die skulpturen
- ich wollte mich vom traum
der liebe erlösen, indem
ich mich an diesen traum erinnerte

seit wie vielen jahren
versuche ich dies?
- alles scheint zwecklos
- die erlösung ist unerreicht
und
ich merke, wie mein körper
ebenso erlösung anstrebt
wie meine seele; mein
leib will nicht mehr sein

auch er, der leib, erinnert sich
an die liebe des engels
... erinnert sich und will erlöst sein

alles strebt dem ende zu.

seit jahren will ich nicht mehr sein.
will nicht mehr sein
seit ich dem engel begegnete.

***

kokain-nächte.
...
ich habe meine höhle verlassen
und bin ausgeschwärmt
besuchte alte affären;
frauen, die von mir schwanger waren
abtrieben ließen und .. ich verschwand.
und nun sah man sich wieder
- auf ihrer seite freuden
auf der meinen bloße ablenkung.

massen - MASSEN - an drogen.
sex. keine moral oder scham.
am morgen wachte ich auf bei
der einen, fickte sie ein letztes
mal, zog einige lines koks
drückte etwas heroin, trank einen schluck
verschwand zur nächsten
fickte sie, um am abend
zur wieder nächsten zu verschwinden
wo sich das spiel aus drogen
sex und sünde wiederholte.

jeder tag ist rausch
jeder tag mehr untergang.
alles ist zum scheitern verurteilt.
...
noch lebe ich.
wie lange noch?

nun bin ich zurückgekehrt
in meine einsamkeit
in meine todeshöhle
...
und spühre die leere in mir
spühre den verfall, die dekadenz
spühre schuld.
schuld.

(der spiegel ist nicht mein freund.)

***

alles war nur ein traum
geträumt
ich habe nur geträumt
alles
auch mich
auch mich selbst
...
vielleicht mag es sein:

ich, der ich diese zeilen schreibe
bin nur ein traum des engels
...
und erwache ich
so werde ich das wieder sein
was der traum ersehnte:
ich bin der engel

der träumende engel
welcher von einem menschen
träumt
einem menschen, welcher denkt
er träumt
... von einem engel.

ich weiß es nicht.
erst das ende - das erwachen -
wird die wahrheit offenbaren
...
bis dahin
bin ich das, was ich denke zu sein:
ein mensch.
ein mensch, der sein ende ahnt.

***

berauscht
vom sein?
...
alles ist phasenhaft, zyklisch:
absolute einsamkeit und depressionen
und dann
exzesse: mehrere frauen am tag
und drogen. viele drogen.
...
so geht es seit jahren.
keine mitte. keine ruhe.
nur rausch. nur extreme.
ein leben im überschall.
(...
eines ist bei allem gleich:
das schreiben begleitet mich.)

alles nimmt zu.

alles steigert sich.
alles wird extremer.
alles will zu seinem endpunkt.

und dann weiß ich noch:
ich liebe.

das schlimmste im leben
sind die grenzen
die man sich selbst erschafft
(:die man sich selber ist.)

befreiung! ist die aufgabe
die befreiung von sich selbst:
die eigene erlösung!
des wesens freispruch!
durch das wesen!

***

auf dem regal im badezimmer
steht eine sammlung befreier:
morphium, kokain, lithium, heroin
lsd, reines coffein und andere chemie

sie alle warten auf einnahme.
sie alle bergen in sich den
regenbogen
...
es sind stumme freunde
- und sie lassen mich nicht frieren;
mit ihnen spühre ich keine kälte.

ich bin mir selbst opfer.
ich bin mir selbst vergewaltiger.
ich bin mir selbst henker.

(rituale.)

mentale vorbereitung.
einnahme.
warten.

es ist wie ein einschlafen
...dann ein plötzliches aufschrecken:
und die welt, in der man
erwacht, ist nicht jene
in der man einschlief.

(ich höre meine stimme, meinen geist
mit sich selbst reden. laut.)

meine schatten
haben sich von mir gerissen
und sich ihr leben von mir genommen
...
nun habe ich keine schatten mehr
...
sie stehen mir gegenüber.
wir reden. (und draußen schneit es)
sie sagen, sie können nicht
mehr bei mir bleiben; es wäre
zeit für sie zu gehen. von mir.
...
wie weit ist es schon,
wenn die eigenen schatten
gegangen sind?

jetzt bin ich
etwas
ohne schatten. - ohne seele?

es sind reisen tief ins innerste
...
in eine welt
wo niemand wohnt außer mir
...
eine welt
in der kein körper mehr
benötigt wird. dort
ist er überflüssig. und noch
bedarf es chemischer substanzen
um den körper zeitweise
abzustreifen, vom geist zu
trennen ...... um für
kurze augenblicke nur
heimzukehren
in eine welt
in der man leben will
aber nicht darf
(- ist dies das schicksal?)

chemische substanzen.
(...
alles was du hast
wird dich irgendwann haben.
...
unweigerlich.)

am schlimmsten sind die tage
nach dem rausch, nach dem exess
sie sind absolute leere
dann gibt es keine kraft mehr
nur schwäche
und den wunsch
alles zu beenden -
es ist der schreiende wunsch
nach erlösung.

und zugleich stellt sich alles in
frage

doch
im rausch der substanzen
(... und du merkst
wie die chemie durch deine
venen jagt ... und wie sie
ganz langsam und mächtig
dein hirn verbrennt ... es
schließlich wegpustet ... und
mit diesem reales sinnen...)
ist sie bei mir:
der engel.

wunderschön
unnahbar
ein ziel, welches ich nie erreiche
da uns welten immer noch
trennen
da chemie für kurze zeit
die brücke ist zwischen diesen

dann ist alles vorbei.

***

meine pupillen sind geweitet
sie starren mich an
sie sind fremd und
sie sind wunderschön.

das feuer! das feuer!
ich tanze in den flammen

jeder strahl ist ein streifzug

meiner seele in gottes
sinnlichkeit
mit dem aussehen eines engels
... sie streichelnd und
unendlich küssend...

ein kampf:
- liebe und tod -
wird jetzt ausgefochten.
und dies
ist meine größte prüfung.

wenn man der wahrheit
ins gesicht blickt und mit ihr
konfrontiert wird
brechen welten zusammen
doch dann
aus dieser asche
erhebt sich die schönheit
wie eine offenbarung

(der phönix in uns.)

***

unglaublich intensive weihnachtsgefühle
beseelen mich
und machen mich glücklich
...
ein letztes aufbäumen
guter gefühle?

in meinen pupillen sehe ich
das ganze universum
mit all seinen sternen

alles ist ein heiliger akt
alles ist eine göttliche handlung

***

die vergangenheit läßt mich nicht los
…
es ist ein kampf zwischen
den geistern des damals und
den geistern des hier und jetzt
- …
die geister der vergangenheit
krallen sich in mich
und scheinen stärker zu sein
sie fressen mich auf
zerreißen mich
…und das jetzt schaut hilflos zu

irgendwann gab es einen riß
im zeitgeschehen
an dem sich das ganze
teilte
und wurde zu zweien
welche miteinander zu kämpfen begannen
obgleich sie einst dasselbe waren

all das mache ich
da ich die stimme in mir vernehme
eine seelentiefe sehnsucht
nach einer welt
in der ich einst lebte
und für momente nur
einblick gewährt bekam
…
und jene welt war so wunderschön
daß ich sie nicht vergessen konnte

und seitdem mich nach ihr sehne
wieder in dieser zu leben
...
doch sie stieß mich einst von sich
vor vielen jahren
und ließ mich zurück in einer welt
in der ich nicht sein wollte

jene weltenstimme hallt immer noch
in mir
und läßt mich sie nicht vergessen
- könnte ich vergessen jene welt
fiele mir das leben nicht schwer -
doch ich weiß es gibt eine welt
die schöner ist als alles andre
- und ich war schon einmal dort, in ihr!

war es ein fehler?:
ich wagte mich in reiche vor
die ich nicht hätte sehen dürfen
und leide nun an jenem wissen
und jener weltens schönheit
die die der jetztwelt verblassen läßt

ich habe mich zu weit vorgewagt
und sühne nun des damals tat

all das tat ich nur
weil ich mein menschsein
überwinden wollte -
ich tat es aus dem wissen heraus
daß auch ich: nur mensch bin

für kurze momente
streifte ich ab mein menschsein
und erfuhr die nächste welt

dann kehrte ich zurück.

und alles leben wurde unerträglich.
mit jenem wissen.

ich trat dort meinen tiefsten schwächen
gegenüber -
und erfuhr dann erst
meine wahre stärke

ich bin dingen begegnet
die gott näher waren
in aller schönheit und unschuld
als alles andre je zuvor

(betrachte ich mich, sehe ich
das sich verändernde antlitz
eines jungen.
- eines jungen. -
betrachte ich dann fotografien
sehe ich einen mann.
einen werdenden mann. -
die ewige sehnsucht
nach der welt der kindheit
ist so stark, daß sie die
sinne nimmt und
wahres verfälschen läßt)

in uns gibt es dinge
von denen wir nicht einmal
eine ahnung haben

es sind in uns tief verborgene schluchten
die so endlos sind
daß keiner sie je erkunden wird

wird werden uns selbst immer fremd sein.

das ewigfremde
kam zeitgleich mit gottes gabe
des sich selbst bewußt seins

die gabe des verstehens:
verbietet das selbstverständnis
(und proportional ist deren größe.)

***

buk sagte:
der unterschied zwischen
einem guten dichter und einem schlechten
ist eine portion glück

wie gesagt
so ist es.

***

auf irgend etwas warte ich -
vielleicht einen kuß vom engel
vielleicht das gefühl von friede
vielleicht der ausbruch vom wahnsinn
vielleicht das einsetzen vom tod

ich weiß es nicht, weiß nur
ich mache all das - mein leben -
weil ich so sehr weiß
: ich bin nur mensch (allein).

mit tränen in den augen
blicke ich zum himmel
und spühre seinen geist
in mir.
...
es ist die liebe
die mich zu sich ruft
und mich nicht harren läßt
in ruhe oder frieden.
...
es ist die liebe
die mich irren und wirren läßt
und weder halt, noch mitte
und stillstand mir verleiht.
...
es ist die liebe
die mich suchen läßt
nach dem, was sie ist
und mir schenkt besessenheit.

***

ich kann meine behausung
nicht mehr ertragen
ohne auf irgend eine art
berauscht zu sein
egal ob alkohol oder anderes.
es ist unerträglich
das sein: hier.

ich kämpfte gegen die zeit an.
wer der stärkere ist
kann sich ein jeder denken.

etwas
drängt mich stets zum exzess

zur eskalation alles möglichen
zum abgrund
zum marsch auf der rasierklinge
...
vielleicht der übermut der jugend
und ihr glauben
unzerstörbar, ja unsterblich zu sein

***

in mir ist kein fühlen mehr.
alles ist verschwunden
- vielleicht aufgebraucht
...
mag sein, ich habe
in den letzten jahren meines lebens
alles fühlen
alles hohe empfinden und wahrnehmen
aufgebraucht
welches für ein ganzes leben
bestimmt war

nun ist nichts mehr da
in mir

und mit tränen in meiner seele
labe ich mich
an erinnerungen jener emotionen
tief ins extrem gesteigert
- damals das fühlen
- heut die erinnerungen

wie ist es doch!
tot zu sein
und sich ans leben zu erinnern

das fühlen wurde ersetzt
durch erinnerungen

ich bin leer
...
was ich einst im übermaß besaß
ist nun nur noch totes land
eine wüste
- ich schreie
doch die rufe wird niemand hören

der engel
gab mir einst mein fühlen, und
der engel
nahm es mir auch wieder

alles was da ist
ist eine kaum vernehmbare
sehnsucht - dorthin -
kaum zu spühren
aber immer vorhanden

ich bin ihr, dem engel
begegnet
und ich werde ihr
wieder begegnen

ich habe ihre stimme gehört
- sie ließ mich in sich ein
ich sank in ihr.
ertrunken - die schönheit
gebietet keine rettung.

zuerst war die unschuld
dann kam der traum

gefolgt von der explosion
und nach ihr die leere
...

ich habe alles verloren:
alles fühlen, alle liebe
alles schöne, allen glanz
allen willen, alle lust
selbst die phantasie -
es gibt nichts mehr.

***

im venedig des jahres
sechzehnhunderteinundsiebzig
wurde eine komposition geschaffen,
namentlich ein adagio, dessen
musikalische magie
über dreihundert jahre später
ein bild schuf
das mir seelenspiegel wurde

(albinoni.)

seine kraft und verzauberung
kam und ging in meinem jungen leben
bereits des öfteren - doch
in ihm spühre ich eine
tiefe ahnung, einen
absoluten sinn

die töne sind einem tiefen schwarz
entsprungen, sind aus der
einen welt entflohen
in eine andere - in der sie
energien freisetzen, die
sehend machen. visionen.

(das verborgene meiner seele
liebte den engel
zu jenen mystischen klängen.
trauer überkommt mich.
doch meine tränen sind versiegt.
alles was noch da ist:
ein dumpfer, matter schmerzensdruck
- mit einem blick ins gestern
...
irgendwann hat das leben
aufgehört leben zu sein
...
von da an war ich tot
- und spühre es stets)

unweigerlich
führte und führt
all mein handeln
zur selbstzerstörung

der grund?: lebend
gelang und gelingt es niemals
von mir selbst zu fliehen

es gibt nur diesen einen
ausweg.

der ruf des engels
wird stärker, sirenenhaft
unwiderstehlich

ihr ruf löst sie aus
die tiefe sehnsucht in mir
nach jener welt
des absoluten

***

(wodka.)

ich habe keine heimat mehr
irgendwann einmal habe ich sie
verlassen
...und niemals wiedergefunden.

seitdem bin ich
heimatlos.
schwebe haltlos umher.
irre.
schweben. kein unten und oben mehr.

ich bin verloren
irgendwo in dieser welt
irgendwo im nirgendwo

(weiß sie, was in mir vorgeht?)

besinnungslosigkeit.

wo ist die wahrheit?
(...die verdammte wahrheit.)

es geht immer um die seele des einzelnen

ich bin so nah
und dennoch ist alles
so unerreichbar fern

(ist das schweigen
das bessere reden?...)

die welten wollen mich nicht

***

alles ist teil des prozeßes
: vergessen.

ich will sie vergessen
- das sein des engels -
und kämpfe darum
doch ach!, ahne ich es denn?
...
ich kann sie nur vergessen
wenn ich mich vergesse

(wenn ich mich vergesse.)

jener traum war alles was ich hatte
sie war alles was ich hatte
...
all das trieb mich und stieß mich
ließ mich leben, ließ mich sein

dann zerriß es mich
...
und ich begann vergessen
zu wollen
löste mich los
verstieß alles damals
(und wußte nicht
daß jenes damals stärker ist)
und
mit dem verblassen des traumes
begann auch ich zu verblassen

: alles was ich bin

verliert an substanz

***

ich stehe am abgrund
und spühre die federschwingen
auf meinem rücken

(ich bin alt geworden
habe vergessen kind zu sein
- nun: die schuld
der verlorenen unschuld)

ich hoffe nur
sie läßt mich in sich ein
in ihre welt
- welche mich nicht verstößt

bin auf der suche
nach der zeitlosen ruhe
in mir
und in allem anderen

der beginn des absprunges
von der klippe zum abgrund
kommt näher. schnell.
(unaufhaltsam.)
- dies wird der letzte akt

ich stehe am abgrund
meiner verlorenen träume
und hoffe
der wind bringt bald
meine schwingen zum fliegen
...
denn dieser flug wird mein

freispruch

***

der engel wünschte mir
besinnung
...
besinnung?
- im freien fall ist es unmöglich
stillzustehen.

rethorische hoffnung
...
schicksal ist das wissen
über baldiges geschehen

***

es gibt teile der seele
welche unsterblich sein werden
... unsterblich sind
... schon immer waren

tritt der tod ein
stirbt der größte teil dessen
was lebend "seele" und "wesen" war
...
nur die reine schönheit
die geheimnisvolle tiefe des individuo
ist auf ewig weiter

der tod
nimmt nur den schmutz
vom befleckten
und legt wieder frei
womit alles begonnen hat:

die reine schönheit
die gleißende unschuld

der tod macht aus dunkel wieder licht
...
er ist erst die kraft
- einer morgenröte gleich -
die des wesens sonne
wieder im vollen lichte strahlen läßt

der tod
gibt dem wesen seine macht
in seiner ganzheit wieder zu
scheinen

der tod
ist der eine teil der unsterblichkeit

***

(das schreiben meiner bücher
wurde stets beeinflußt
von denen, die ich las
während ich sie schrieb

mit beidem wuchs ich

ein original
ist das zusammenkommen
der einflüsse vieler originale)

***

das system meines körpers
ist durcheinander
ich merke, er will nicht mehr

ich liege wach
es ist irgendwann
zwischen nacht und morgen
und spühre immer mehr
das anrollen etwas entscheidenden

mein schlaf
stellt sich konfus ein
: er kennt keinen rhytmus mehr
...
manchmal schlafe ich tage nicht
dann wieder zwanzig stunden am tag
manchmal nachts, dann wieder
den tag hindurch
...
das seelische, was ihn verursacht
ist zerrüttet, in aufruhr
es kennt keinen eigenen frieden
mehr
...
der krieg tobt seit sehr langer zeit
- ...
er muß ein ende haben.

***

alle erinnerungen
die ich an sie habe
in all ihrer unsterblichen
unendlichen schönheit
ist in einer harmonie
auf ewig: schwanensee

wann immer ich dieses stück höre
wird eine ganze welt
in mir wiedergeboren

aus den unendlichkeiten
einer lebensumfassenden sehnsucht

jene melodie verrät mir dinge
die mit worten nicht zu fassen sind
- nur das seelentiefe fühlen
vermag es sie zu greifen

(ich kämpfte immer noch um
vergessen
- jedoch in einer andren welt
als damals)

***

wenn es soweit ist...
wird sie es dann als engel sein
welche mich hinüberbegleitet
zur anderen seite?
wird sie der bote sein?
...
mich ins licht geleitend
hinein in die milde wärme
die alles erfüllt
ins reich der seligkeit
wo jeder hauch
der anderen sinnlichkeit ist
und jedes bewußtsein
ein zärtlicher kuß der gottesmacht

ich hoffe nur, sie wird es sein
die neben mir lächelnd wartet
bis sich meine seele
vom gefängnis des leibes befreit hat

***

die nacht legt sich über die stadt
es gleicht einem untergang
sie wird gefressen, verschlungen
...
die nacht ist ein geist
dessen macht stärker und stärker wird
ein geist, der in jede pore kriecht
und sie mit seiner macht vereinnahmt
um das ding neu zu beseelen
...
und ist das werk vollbracht
ist nichts mehr wie es war

alles ist verändert.
(alles wunderschön.)

wenn die macht gesiegt hat
ist die zeit der dunkelheit
und das leben derer kreaturen

es gibt keine wahl.
...
es ist nur schaubild
zweier aussehen
ein und derselben macht

so wie wir alle.

(dann regnet es. ströhmend.)

ein jeder hat seine nacht
immer und immer wieder
und des seins ende
ist ihr endgültiger sieg
in unserem kampf

und erst
wenn die große dunkelheit
gesiegt hat
wird das ewige licht
unser sein auf ewig

es naht der augenblick
da es zeit wird aufzubrechen.
ich spühre es.
ich habe keine angst.
nur wonnige vorfreude
beseelt micht und meinen geist
der immer hungrig, niemals satt
gewesen ist von jener sehnsucht
nach der ewigen nacht

***

meine schatten habe ich bereits
verloren
nun beginne ich auch
meine masken zu verlieren

die wahrheit entblättert sich
gnadenlos

ich sehe was ich bin und war:
etwas zeitlich begrenztes

die größte überwindung von ferne
geschieht im stillstand
(: am schreibtisch sitzend)

ich sehe unser jahrhundert
- auch dieses, wird nur sein

ein staubpartikel
im strudel der zeit

***

ich hoffe so sehr
auf sie, und
wenn es soweit ist
werde ich in ihre stimme
hinübergleiten -
ich wünsche es mir so sehr
daß sie es ist.
ist - in vielerlei hinsicht

gehüllt in schimmernde gaze
in schönheit unerreicht
barfaß, und
mit weißen schwingen
das rote haar wallt herab
und in ihrem blick
ist alle wärme, alle liebe

es wird nicht weh tun
das ende
es wird ein akt
der hingabe sein
...
diese welt gebe ich gern her
um hinüberzugleiten
in die ihre

ich hoffe so sehr, daß sie es ist
die mich in jene welt begleitet
in der es weder gesicht gibt
noch geheimnis
...

weder gesicht, noch geheimnis.

***

schneefall
…
und jede flocke, die fällt
ist ein gedanke an den engel

mit dem schnee
kehren gute geister wieder
die mich liebevoll beseelen

steigende sehnsucht!

ich habe die welt verloren
bin vollständig in mir
und meinem leiden eingeschlossen.
es ist schon lange her
daß ich in der welt lebte.
meine einzige welt
ist meine seele.

früher einmal lebte ich
in einer scheune
sie war ein raumschiff
und mit diesem habe ich
mich von der erde entfernt

diese scheune war mein zuhaus
irgendwo im nirgendwo
der einzigste ort
an dem ich mich wohl und lebend fühlte

(auf dem dachboden der scheune
war ein landeplatz für engel)

dann verließ ich sie
- und verlor das
was ich gutes leben nannte

alles ist lange her.

nun fühle ich mich
wie etwas
das alles verlassen will
doch mit einem strick gehalten wird

(gern würde ich das leben
verherrlichen - die aufgabe eines
schriftstellers
doch nicht wenn es so ist
wie dieses.
der mensch hat die grenze
längst überschritten.
er verlor immer mehr ...
bis er sich nun selbst verlor)

***

der erste kuß des engels
war meine geburt
ihr fortgehen
mein tod

immer hoffte ich, sie wisse
ich würde alles für sie aufgeben

die tiefsten prägungen
dauern nur einen augenblick
dies sind die
schönsten und grausamsten momente

... nur einen augenblick

ist er geschehen, wird er
zur ewigen kreisbewegung
im ungreifbaren reich der seele
zeitlos, ohne ende

(manchmal haben sie ein aussehen
eine farbe. manchmal rot.)

(die schlacht, die zum preis führt
steht in selber proportion
es ist stets ein spiegel der größe.
...
liebe.)

***

je näher der abschied rückt
von dieser welt
- dies ist nicht mehr zu leugnen -
desto deutlicher ist mein vergessen
des engels
doch es schmerzt nicht.
: meine hoffnung
sie bald wiederzuerfahren
gleicht einer warmen gewißheit

nun ist alles nur noch
warten
warten auf das ende
warten auf den anfang

die dekadenz
von mir, meinem wesen und leben
steht in voller blühte

es ist die lachende dekadenz
: sie weiß, sie siegt
: der kampf ist entschieden

***

kälte spühre ich kaum noch
ebenso jeden andren schmerz
ich liege starr im bett
kondensat bildet sich beim ausatmen

bald.
ich weiß es.
habe keine angst.

der himmel ist auf dem weg zu mir
wir haben miteinander zu sprechen

die welt verschwimmt
in weichen, sanften tönen
wie ein streicheln

ist es nun soweit?
wann weiß man dies?

der heilige abend naht
das weihnachtsfest

ich hoffe zutiefst
ich werde niemals aufhören zu ahnen
was es heißt zu lieben
ich hoffe zutiefst
ich werde niemals den glauben
an die kraft der liebe verlieren

***

heiligabend.
ist vorüber
wurde allein mit mir verbracht

dann schlief ich ein
und erwachte durch - etwas

sie war wieder da, sie, der engel
vor mir schwebend
sie lächelte voller wärme
ihr blick strahlte außerweltlich
sie sprach nicht, schaute mich nur an
schwebend
atemberaubend in ihrer schönheit
bekleidet mit weißer gaze
barfüssig; freie schultern

wir schauten uns an
eine ewigkeit lang
dann streckte ich meine hand aus
und bat sie diese zu streicheln
...
sie tat es.
am tage christi geburt
: seine geburt war unsere wiederkehr

doch es war nicht wie sonst
sie war anders. wir sprachen nicht.
ich weiß sie kam
um anzukündigen
voller hoffnung und liebe
...
sie kam, um mir die angst zu nehmen
sie kam, um vergessen aufzuheben
sie kam, um vorzubereiten

sie kam als bote und geliebte

es war nicht überraschend für mich
so etwas ahnte ich bereits
und die ahnung wurde abgelöst durch
geschehen

dann überkam mich schlaf
- unüberwindbarer -
und in den letzten zügen von bewußtsein
spührte ich, wie ihr kopf
auf meiner brust ruhte
und mich hinüberbegleitete
in das reich des seligen schlafes
(ihre tränen benetzten mich)

als ich erwachte, erfüllte mich leere
und eine beruhigende gewißheit
 - alle angst ist aus mir gewichen

(das billett
ist die erinnerung ihres blickes)

***

ich habe es vergessen.
: den jahrestag. unseren.
der beginn. der zweite erste
ich habe es vergessen.

der heiligste tag, der sonst begangen
verpuffte ungemerkt
der heiligste tag, der sonst verbracht
im parke und am schloße

ich. irgendwo. verstreut. zerrissen.

ebenso am sylvestertage:
allein auf einem feld
so dunkel, daß man gar nichts sah
keuchend, hustend, krankerfüllt
berauscht von den farben
des regenbogens lauter drogen

wortwörtlich hineingerauscht
allein ins jahr 2000
doch dieser tag zählte noch nie -
immer nur zwei tage später:
der zweite erste eines jeden jahres
...
vollkommen in seiner
schicksalsnumerologie

ich habe es vergessen.
- ankündigend
das unvermeidliche.

auch erschien sie mir nicht
sie, mein engel andren seins

ich erinnere mich ihres letzten blickes
ein blick der alles kommende
in sich trug, verkündete

der letzte wichtige moment
auf menschenerden.
das letzte feuer.

seit dem seh ich ihn vor mir
den blick
und alles ist mir fremd

der blick sagte auch
(in seinem endlosen schwarz):

der tod ist
weder anfang, noch ende
er ist teil wie alles andre

ruhe ist in mir eingekehrt
die ewige ruhe aller gewißheit
eine weiche, sanfte woge
von leben
von letztem leben

kein streben mehr
nach gar nichts
...
keine aufruhr
kein wahnsinn
keine euphorie
keine angst
kein brennen
keine explosionen
...
nur die große ruhe
...
das anfühlen von ewigkeit.
die gleichheit allen seins.

***

das licht kämpft sich
durch die graue winterwolkendecke

irgendwann vergeht der schmerz.

IRGENDWANN VERGEHT DER SCHMERZ.

es ist kein aufgeben
es ist ein einsehen

wieder bin ich allein
in einem surrealen leben
aus traum und unwirklichkeit
niemals fähig gewesen zum
realen, wirklichen leben
aneckend an deren sein
und sich verschließend
hinein in die unergründlichkeit
des eignen wesens
- dort ist das niemandsland
das nirgendwo, das überall
das alles und das nichts
...
dort fand mein leben statt
fliegend wie ein engel
von blase zu blase
sich entfernend ... und dabei lächelnd
...
fliehend vor allem realen
fliehend vor sich selbst
fliehend vor jedem schmerz
fliehend vor dem leben
...
das leben als wort?
: flucht

diese flucht führte mich in
unbekannte gefilde
menschlichen daseins
in das reich hinter allem schmerz
hinter aller einsamkeit
hinter allem bekannten

hinein ins unbekannte, neue
- ein reich, das so glaube ich
nur wenige je betreten haben
...
in diesen welten dann
traf ich sie: den engel
...
sie wurde mir kosmische begleiterin
wurde mir geliebte
wurde mir göttin
wurde mir frau

***

dies ist der ewige zyklus:
geburt, tod, wiedergeburt, wiedertod
...
endlos.

der leibliche tod ist nur
einer unter unzähligen
...
wie oft starb ich doch bereits
zu lebzeiten?!

tod ist nichts materielles
tod ist aufblühen und vergehen
des kernes der seele
...
er ist der wechsel andrer daseinsformen
der schritt von einer zur andren
- erst er ist voraussetzung des
wiederaufblühens - in neuer farbe

(manches sterben dauert jahre.
unzählige jahre.

gefüllt mit schmerz.
ein qualvoller moment, der anhält.)

das leiden - der wert aller werte
...
des ichs einziger ontologischer beweis
seine grundlage
der größten verehrung würdig
das leid ist das elementarste aller gefühle
spiegel eigener unverwechselbarkeit
spiegel seelischer größe
in des leides höhe und tiefe
im leiden schwindet die welt
und ein jeder bleibt sich selbst überlassen
die hohe schule der egozentrik

das streben meines lebens
war es, den absoluten nullpunkt
zu erreichen: das nichts.
...
zurückkehrend in mein reich.

STERNENPRINZ

- das ist mein name.

***

die euphorie...
sie brennt in mir
sie setzt ihr seelenfeuer frei
und beginnt mich zu verbrennen
...
ich werde wahnsinnig!
...
wahnsinnig vor liebe

wahnsinnig vor tatendrang
vor sehnsucht, vor träumen
vor wünschen, vor ungeduld

ICH BRENNE!
ICH WILL BRENNEN!

soll der wahnsinn mich
erlösen
soll der wahnsinn mich
besetzen und besiegen

BESIEGEN.

(immer war ich auf der suche
nach meiner seele)

wer zu lebzeiten brennt
wird in der unendlichkeit leuchten

ich vermisse sie
ich sehne sie herbei
sie, den engel
soll sie das ende sein

das jetzt hat keine bedeutung mehr
- das ende ist erstrebt

ich ertrage es nicht mehr
klaren verstandes zu sein
alles in mir will es
alles in mir schreit danach
...
mein freier wille bestimmt
sein eigenes nichtsein

(ätherischer rosenduft kriecht in mich)

ich höre des engels lautloses rufen
nach mir
sirenengesang
unwiderstehlich, wunderschön

alles in mir fühlt sich hingezogen
in jene welt
...
dort drüben
die andere seite
...
sie ruft
nichts hält mich mehr
in dieser welt
(was sollte es auch sein ?)

die euphorie ist es, die mich verbrennt
und richtet
- nicht die depression

ihr lichtes feuer schluckt all mein sein
ist stärker als das dunkel
und läßt meine welt
des denkens und des fühlens
zum ball aus glut gebären

(alles lacht. ohrenbetäubend.)

ich nehme den duft wahr
vergangener jahrhunderte
und ich nehme auch diesen wahr
der jahrhunderte die folgen werden
...
der geruch verkündet:

untergang

zur umkehr ist es zu spät

***

geschaffen für die ewigkeit
die ahnung dieser liebe
zu ihr
auf sie gewartet zu haben
eintausend leben
vielleicht noch mehr
um ihr zu begegnen

geschaffen füreinander
wie sternenstaub
der sich vereint
für alle unendlichkeit

werte zu erkennen
- das ist der weg
- das ist das ziel

***

mein leben lang war ich ein
gefühlsjunkie
...
war süchtig nach
wahrhaft hohem fühlen

nur die extreme der emotionen zählten
nur der pol dieser möglichen welten
...
immer war ich auf der jagt
der jagt nach

wahrhaft hohem fühlen
…
und
die sucht
zwang mich stets zum nächsten schritt
das extrem des extremen des extremen…
weiter und weiter

der endpunkt sollte bald erreicht sein.

die sucht nach hohem fühlen
begann mich zu verzehren
und schleuderte mich in welten
die fern aller realität lagen
irgendwo im nirgendwo
ein universum
das nur mich beherbergte

die sucht nach fühlen
fraß mich bei lebendigem leibe
fraß mich bei vollem bewußtsein
fraß alles andre sein
…
einzig zählend
war die explosion der emotionen
gleich ob licht oder seelennacht
einzig zählend
war das extrem des fühlens

so lebte ich.
…
bis jetzt: die schuld.
und folgend: die sühne.

***

die nadel
war kalt und stählern
drang in meine vene
wie immer, wie gewohnt

selbst die kühle der fremde
kann zum besten freund werden

die magie
begann durch mich zu ströhmen
...
alles wie gehabt.

ich kam zu jenem punkt
am horizont aus licht
der stets des rausches
endpunkt war
: die zeit der umkehr
zurück
in die befremdende welt der menschen
...
doch diesmal
überwand ich jenen punkt
und
wagte mich weiter hinein
ins bisher unbekannte

alles wurde licht

und dort bin ich
mit blatt und papier in meiner hand

ich schreite
und ich schreibe

weder angst, noch leere

...
es ist eine positive trivialität
...
eine gleichgültigkeit
die sich selbst gleichgültig ist
...
und dabei milde lächelt

ich schaue mich um...
überall nur gleißendes licht

(dann.
vielleicht eine unendlichkeit später.)

aus diesem licht, direkt vor mir
trat eine gestalt hinaus
und wurde gänzlich sichtbar

der engel.
...
das wunder rotschöpfiger magie...

sie ist zu mir gekommen.
wie ich erahnt und erhofft.
sie lächelt mich an.
ihr lächeln ist wissend und
allmächtig weise. -

sie wußte das gestern.
sie weiß das morgen.

dann legt sie ihre hand
auf meine schultern.
ihre lippen berühren die meinen
und unendliche wärme durchströmt mich
...

ihre augen
verkünden mir die richtigkeit
...

all dessen was ist
all dessen was war
all dessen was sein wird

sie nimmt meine hand.
sie geleitet mich.

ich fühle mich gut.
ich sehe sie an
und könnte weinen vor schönheit

ich gehe mit ihr.
hinein ins licht.

dann werde ich durchflutet
beginne mich aufzulösen.

auch ich bin licht.

die letzte erinnerung
die von ihr und mir bleibt
ist ein lächeln.

Norman Dorian Franz

geb. 21.03.1977, Gymnasium in Cottbus/Brandenburg, erste Gedichte und Visionen, Abitur 1996, Zivildienst, Weggang nach Seattle/USA, dort mit 20 der erste Roman "Phönixschlange", danach Rückkehr sowie in schneller Abfolge die Romane "Engelsschrei" und "Schmetterlingstraum" und Gedichte, bisher über 2200, 1998 Beginn des Studiums der Philosophie und Soziologie in Konstanz, dort Romane "Regenseele" und "Liebesend", 1999 Wechsel an die Humboldt-Universität zu Berlin mit Zunahme der Japanologie, seitdem lebend und schreibend in Berlin/Prenzlauer Berg, Romane "Sternenprinz" und "Die andere Seite der Existenz", schreibend am achten Roman "Der Schmerz".

Bisher erschienen:

RegenSeele. Eine Engelsseelendichtung. bei IKS Garamond Jena 2000

Beitrag zur Milleniums-Anthologie "Das Gedicht lebt!" bei R.G.Fischer Frankfurt/Main 2000